PROF

GRINCHEUX

JOYEUX

ISBN 0-7172-3075-9

Dépôt légal 4e trimestre 1994
Bibliothèque nationale du Québec

Imprimé aux États-Unis

GROLIER

Blanche-Neige
et les sept nains

Par une nuit d'hiver, dans un château éloigné, naquit une petite princesse. Ses parents lui donnèrent le nom de Blanche-Neige. Les années passèrent et l'enfant devint une ravissante jeune femme. Tous ceux qui la connaissaient admiraient sa beauté et sa gentillesse.

À la mort de son père, Blanche-Neige vécut au château avec sa belle-mère, la Reine. La Reine était très belle, mais elle était antipathique et cruelle. Elle était aussi jalouse de la beauté de Blanche-Neige.

C'est pourquoi elle habillait la princesse en haillons et la traitait en domestique.

La Reine possédait un grand miroir magique. Chaque jour, elle se plaçait devant son miroir et lui demandait, «Miroir, miroir, dis-moi qui est la plus belle de tout le royaume?»

Et chaque jour, le miroir lui répondait, «Vous, Ô Reine, êtes la plus belle de tout le royaume.»

Pendant que la Reine passait son temps à admirer sa beauté devant son miroir, Blanche-Neige travaillait très fort chaque jour. Elle accomplissait toutes ses corvées avec un sourire.

Un jour qu'elle puisait de l'eau au puits, elle chanta une chanson sur son rêve le plus cher. Elle souhaitait qu'un élégant prince vînt au château et l'emmenât avec lui, loin de la cruelle Reine.

«S'il vous plaît, exaucez mon vœu», murmura Blanche-Neige.

Aussitôt sa demande formulée, un beau prince apparut à ses côtés.

Blanche-Neige regarda timidement le Prince. Celui-ci tomba immédiatement amoureux, mais Blanche-Neige eut soudain peur et s'enfuit au château en courant.

Ce soir-là, selon son habitude, la Reine demanda à son miroir, «Miroir, miroir, dis-moi qui est la plus belle de tout le royaume?»

Cette fois, le miroir répondit, «Ses lèvres d'un rouge éclatant, ses cheveux noirs comme jais, sa peau blanche comme neige. Son nom, Blanche-Neige!»

La Reine était tellement furieuse qu'elle convoqua immédiatement son chasseur.

«Demain, tu emmèneras Blanche-Neige dans les profondeurs de la forêt et tu la tueras», ordonna-t-elle. Puis elle donna un coffret à bijoux au chasseur et lui dit de ramener une preuve qu'il avait bien obéi à son ordre.

Le chasseur craignait la cruelle reine et promit d'exécuter son ordre.

Le lendemain, le chasseur emmena Blanche-Neige
dans la forêt. La princesse s'arrêta soudain pour
remettre un oisillon dans son nid. Le chasseur en eut
le cœur chaviré et sut à ce moment qu'il ne pourrait
jamais tuer une si bonne jeune fille. Il tomba à genoux
devant Blanche-Neige et lui implora son pardon.

«Ma chère
Princesse, dit-il, vous
êtes en danger. La
Reine est jalouse. Elle
m'a ordonné de vous
tuer, mais j'en suis
incapable. Vite,
enfuyez-vous dans la
forêt et ne retournez
jamais au château!»

Les paroles du chasseur effrayèrent Blanche-Neige,
mais elle fit ce qu'il lui avait dit. Elle courut et courut
jusqu'au fin fond de la forêt. Perdue et seule, elle s'écroula
au sol, épuisée, et pleura jusqu'à ce qu'elle s'endormît.

Le chasseur plaça le cœur d'un animal dans le coffret à bijoux et le présenta à la Reine ce soir-là. La cruelle femme s'en réjouit, assurée que le chasseur avait bel et bien exécuté son ordre.

«À présent, je suis la plus belle de tout le royaume!» s'exclama-t-elle triomphalement.

À son réveil le lendemain matin, Blanche-Neige était entourée d'animaux de la forêt. Curieux, des oiseaux, des lapins, des écureuils, des tamias et même une biche et son faon s'étaient approchés pour regarder Blanche-Neige de plus près. La Princesse se mit à rire. Elle n'était plus seule à présent.

«Connaissez-vous un endroit où je pourrais demeurer?» demanda Blanche-Neige à ses amis de la forêt.

En guise de réponse, deux petits oiseaux gazouillèrent joyeusement et se mirent à tirer sur sa cape. Blanche-Neige suivit ses nouveaux amis qui la conduisirent à une maisonnette construite au milieu des arbres.

«Oh! On dirait une maison de poupée!» s'exclama Blanche-Neige.

En l'absence des occupants de la maison, Blanche-Neige
se permit d'entrer.

«Quel désordre!» s'écria-t-elle. Elle regarda avec
étonnement les sept petites chaises. «Sept enfants doivent
vivre dans cette maison», dit-elle. «Je vais faire un peu de
ménage pour eux. Ils accepteront peut-être que je reste ici
pendant quelque temps.»

Blanche-Neige se mit au travail. Les animaux l'aidèrent à balayer, épousseter, laver et récurer.

JOYEUX

En peu de temps, la maison fut propre et rangée.

CHOUM   SIMPLET

Blanche-Neige monta au deuxième étage où elle trouva sept petits lits alignés contre le mur. Au pied de chaque lit était gravé un nom.

«Quels drôles de noms pour des enfants!» dit Blanche-Neige en lisant les noms à haute voix. «Joyeux, Simplet, Grincheux, Atchoum, Timide, Prof et Dormeur.» Puis elle bâilla. «Je m'endors justement un peu», ajouta-t-elle.

Blanche-Neige se coucha en travers des petits lits et s'endormit aussitôt.

Pendant ce temps, sept nains revenaient à la maison après une dure journée de travail dans la mine de diamants. Ils ne le savaient pas, mais une surprise les attendait à leur retour. Car ces sept nains habitaient la maison où Blanche-Neige avait trouvé refuge.

Ils chantaient gaiement en traversant la forêt. Prof
ouvrait la marche, éclairé par sa lanterne. Il était suivi
de Grincheux, Joyeux, Dormeur, Atchoum, Timide et,
finalement, Simplet.

En arrivant tout près de leur maison, les nains remarquèrent une différence. Les fenêtres étaient propres!

Se tenant sur leur garde, ils ouvrirent doucement la porte. Tout était propre et rangé à l'intérieur.

«C'est bien ce que je pensais!» s'écria Prof. «Quelqu'un est venu ici!»

«C'est p-p-peut-être un f-f-farfadet», dit Timide. «Et il est p-p-peut-être encore ici!»

«Il n'y a qu'un moyen de le savoir», rétorqua Grincheux.

Alors les sept nains montèrent au deuxième étage. Mais plutôt que de trouver un farfadet, les nains trouvèrent Blanche-Neige profondément endormie dans leurs lits.

«C'est une jeune fille», dit Prof.

«Elle est belle!» ajouta Joyeux.

Blanche-Neige se réveilla à ce moment. Elle sursauta en les voyant. «Mais, vous n'êtes pas des enfants. Vous êtes des nains.»

«C'est bien ça», dit Prof. «Mais qui êtes-vous?»

Blanche-Neige se présenta et leur raconta qu'elle s'était réfugiée dans leur maison pour échapper à la cruelle reine.

«Vous pouvez rester avec nous», dit Prof. «Nous ne laisserons personne vous faire de mal.» Tous les autres nains étaient d'accord.

Entre-temps, au château, la Reine consulta à nouveau son miroir. «Miroir, miroir, dis-moi qui est la plus belle de tout le royaume?» Elle était sûre de connaître la réponse.

Mais le miroir répondit, «De l'autre côté des sept collines, au-delà de la septième chute, dans la maison des sept nains, vit Blanche-Neige, la plus belle de tout le royaume.»

Cette réponse mit la Reine hors d'elle. «Le chasseur m'a menti!» cria-t-elle en jetant le coffret à bijoux par terre. «Je devrai régler le sort de Blanche-Neige moi-même!»

La Reine descendit dans une pièce sombre au sous-sol du château où elle gardait un assortiment de poudres et de liquides bouillonnants magiques. Rapidement, elle prépara une potion magique.

Lorsqu'elle but la potion, elle se transforma instantanément en une vieille femme hideuse. Puis elle trempa une pomme dans une autre potion. «Une bouchée de cette pomme empoisonnée et les yeux de Blanche-Neige se fermeront à jamais!» ricana-t-elle méchamment.

Ce soir-là, à la maison des sept nains, Blanche-Neige prépara un repas spécial pour les nains.

«Le souper est presque prêt», leur annonça-t-elle. «Vous avez tout juste le temps de vous laver.»

«Laver?» s'exclamèrent les nains en chœur.

Ils avaient presque oublié ce que signifiait ce mot.

Mais Blanche-Neige y tenait et chaque nain sortit prendre son bain, même Grincheux.

Après le souper, ce fut le temps de s'amuser!
Les nains sortirent leurs instruments de
musique et dansèrent à tour de rôle avec
Blanche-Neige.

Simplet grimpa sur les épaules
d'Atchoum et les deux se couvrirent
d'un long manteau. Simplet était
maintenant aussi grand que
Blanche-Neige. Mais pas
pour longtemps. Un seul
éternuement d'Atchoum
suffit à les faire tomber
au sol!

Avant de partir travailler le lendemain matin, Blanche-Neige embrassa chaque nain sur le front.

«Méfie-toi des étrangers», l'avertit Prof. «On ne sait pas ce que peut manigancer la vilaine reine.»

«Ne t'inquiète pas», répliqua Blanche-Neige. «Je serai prudente.»

Quand les nains furent partis, Blanche-Neige
entreprit de préparer des tartes.

«Vous êtes seule, mon enfant?» demanda une voix.

Blanche-Neige se retourna et vit une vieille dame à
la fenêtre.

«Aimeriez-vous goûter une de mes pommes? Elles
peuvent exaucer vos vœux», dit la vieille dame.

«Elles paraissent en effet délicieuses», répondit
Blanche-Neige.

Les animaux de la
forêt reconnurent
aussitôt la Reine, mais
pas Blanche-Neige.

Blanche-Neige prit la pomme, fit un vœu et croqua à belles dents dans le fruit. Aussitôt, elle s'écroula au sol. Seul le premier baiser d'un prince pourrait réveiller la princesse.

«Ha, ha, ha!» ricana la Reine. «Maintenant, ma belle princesse, tu dormiras à tout jamais!»

Les animaux se rendirent à la mine. Ils se mirent à tirer sur les vêtements des nains qui comprirent aussitôt que quelque chose de grave venait de se produire. Ils enfourchèrent les cerfs et se dirigèrent vers leur maison.

En chemin, ils aperçurent la vieille femme — et reconnurent la Reine sous son déguisement!

«Suivez-la!» cria Grincheux. Les nains se lancèrent à sa poursuite qui les mena au sommet d'une falaise escarpée.

La Reine se retrouva sur une étroite saillie, coincée entre les nains et le vide. Comme elle s'apprêtait à pousser un énorme rocher en direction des nains, un éclair frappa la saillie.

La Reine perdit l'équilibre et, poussant un grand cri, elle tomba au bas de la falaise et trouva la mort en s'écrasant sur les rochers pointus.

Lorsque les nains arrivèrent enfin chez eux,
ils trouvèrent Blanche-Neige endormie sur
le plancher. Et quoi qu'ils fissent, ils ne
réussirent pas à réveiller la princesse.

Les larmes aux yeux, ils déposèrent
doucement Blanche-Neige sur un lit.

Le lendemain, les nains construisirent un cercueil en or pour Blanche-Neige. Ils le recouvrirent d'une vitre afin qu'ils puissent toujours voir la princesse. Puis ils transportèrent le cercueil dans un vallon paisible dans les profondeurs de la forêt, où les grands pins tapissaient le sol de leurs aiguilles parfumées. Pendant plusieurs jours, les nains prièrent devant le cercueil de Blanche-Neige, dans l'espoir qu'elle se réveillerait. Mais Blanche-Neige ne se réveilla pas.

Pendant tout ce temps, le prince esseulé
avait cherché Blanche-Neige dans
tout le royaume et dans des pays
lointains. Un jour, il entendit
parler d'une belle jeune fille qui
dormait dans un cercueil en
or, dans les profondeurs
de la forêt, entourée de
sept nains.

Le prince réussit finalement à trouver Blanche-Neige. Il souleva la lourde vitre qui couvrait le cercueil.

«Ma belle Blanche-Neige. Enfin je vous ai trouvée», murmura-t-il. Puis il embrassa la princesse endormie.

Blanche-Neige ouvrit les yeux. Le sort était rompu!

Le prince prit Blanche-Neige dans ses bras et l'assit sur son cheval. Cette fois, Blanche-Neige n'eut pas peur de son élégant prince.

«Au revoir!» dit-elle aux sept nains. «Vous avez été très bons pour moi, chers amis. Je ne vous oublierai jamais.»

Blanche-Neige tint promesse. Elle invita les sept
nains à toutes les fêtes données au château, où elle et
son prince vécurent heureux jusqu'à la fin des temps.

PROF

GRINCHEUX

JOYEUX